KB075311

혼자인 걸 못 견디죠

창비시선 428
혼자인 걸 못 견디죠

초판 1쇄 발행/2019년 1월 11일

지은이/이기인
펴낸이/강일우
책임편집/박주용
조판/박아경
펴낸곳/(주)창비
등록/1986년 8월 5일 제85호
주소/10881 경기도 파주시 회동길 184
전화/031-955-3333
팩시밀리/영업 031-955-3399 편집 031-955-3400
홈페이지/www.changbi.com
전자우편/lit@changbi.com

ISBN 978-89-364-2428-2 03810

혼자인 걸 못 견디죠

창비

차례

제1부

제2부

제3부

제4부

제 1 부

모두의 빗소리

젖은 운동장을 돌아다니는 바퀴
바큇자국을 물어보며 돌아다니는 바퀴
한줄만 쓰다 멈춘 자전거가 흘리는 저녁
오늘은 당신에게 거울과 공책을 빌려준다
머리를 씻겨주던 빗물은 철봉을 구부린다
운동장보다 큰 미안(未安)이 거꾸로 떨어진다
한방울 눈시울을 이어주는 모두
빈손으로 옮기는 빗소리

두겹의 물방울

손등의 시간을 긁어준다
허공까지 두루두루 긁는 동안
찌그러진 악기로 울었는지도 모른다
수염을 깎으며 귀먹은 지휘자를 닮는다
돋보기처럼 동그란 둘레에 앉는다
이 빠진 타일과 출렁이며 논다
염증은 수증기의 벽에 부딪치고
눈 감은 비누에서 거품이 일고
발뒤꿈치가 마지막 관문처럼 벗겨진다
시곗바늘은 얼굴의 정면을 훔친다
저울의 목발이 먼저 걸어나오고
물무늬가 남아 있다

흙을 만지는 시간

그의 힘줄 네모난 기도문
몸무게를 한삽 줄였다 늘리는
돌멩이에서 나온 빛도 눕히고
오므린 다리를 펴는 놀이
몸에 따라붙는 이름을 어떻게 덮어주나
섞이는 나뭇잎 필체들
숲이 꺼내는 버섯 향 풍뎅이 노크
손바닥으로 쓸어서 넣는 이름의 웅덩이

**

조금 더 안으로 들어가는
이유가 있을 거야

멍 비누

문드러지고 싶은 지느러미 점점 날아가는 오뚝이 얼룩
매일 만져보는 거품의 기도 발그레한 아가미 빛 몸가짐
오늘 주물렀다 놓은 크기가 다른 물컹한 멍들
물빛 타일 조각 웅크린 저녁의 등에 비늘이 돋는다
눈먼 물고기 비늣갑에서 밤의 낯 그물코를 엮는다
잡아야 하는 숨의 물방울 세면대 위로 흘러넘친다
아무 말도 하지 않은 초면의 근육을 씻어준다

탈지면 눈썹

서로에게 수수께끼처럼 흩어진 것들
아무것도 중요하지 않아요 썰물에 씻겨나가지 않은 조약돌 눈썹
한 정거장 앞에서 내리지 못한 바람이 짙은 해안선 쪽으로
숱이 준 머리칼은 날아가는 모자를 잡으려고 빠뜨리는 발
모빌 끝에 앉은 홀씨를 깨우듯이 동시에 따라붙은 손
시간이 지나서도 만지는 탈지면 하얀 숨소리
작은 뼈로만 뒹구는 정사각형 모의 장례식 넥타이 정물
어긋나는 한줄 파도와 미끄러운 동사들의 수집
예의가 아니게 많은 조약돌을 주웠다가 하나만 내려놓은
상자를 굽어보는 수집가 닮아가는 바다 주머니

밑그림 반향

움직이는 숲에서 걸어나오는 장화 냄새 한쪽이 벗겨지고
벗겨진 장화 속으로 아무것도 아닌 것이 흘러들어가고
내일 벌어지는 색채로 흘러가는 벌거벗은 물이랑 무지개
빗물이 흘러가는 기억에 없는 장소 여럿이 누운 침대

**

거짓말처럼 작은 구름이 떠 있는 벽면 모서리 환우들
발버둥 팔다리를 축축하게 담그는 포도당 용액
아이들이 아니어도 아프고 빗물이 아니어도 간지러운
구멍이 많은 꽃이 옮겨지는 화병의 감미로운 제목들

**

빌려오고 싶은 여러개의 무릎을 착하게 만들어놓은 반죽
가느다란 붓으로 줄무늬 잠옷과 동맥을 철사체로 엮어
놓은
건포도 모양의 이름이 꾸불꾸불 접시 위로 올라오고
가장 늦은 여름 낙서 이름이 아픈 밑그림을 움직인다

죽그릇

수레바퀴는 삐걱대는 울음을 달래고
둥근 테두리까지 가려는 빛처럼 어지럽거나 재밌거나
꽃밭으로 출렁거리다 낮은 곳으로 소금 덩어리를 옮기는
움푹한 그늘에 부딪쳐 뜨거워서 그랬어 바퀴를 곁눈처럼 달고
가려움이 닿지 않는 몸통 일부분으로
한숟가락씩 비워지는 하얀 빛의 눈사람으로

**

뜨거운 이마를 짚어보다 휘어진 물소리를 놓아주는
빛들은 어디에 머물러야 할지 모르는 나비들 거울
하얀 방의 베개에 모였다 흩어지는 소음
이름을 알 수 없는 처음 보는 나뭇가지 위의 안녕
포근한 요와 이불을 둘둘 말아놓은 옆자리

아역

편지 봉투에 담아놓은 배 아픈 종이 인형
머리 가슴 배가 접힌 계단으로 굴러떨어지는 목소리 반쪽
몸에 맞지 않는 외투 모자 지팡이 구두 알약무늬 벽지
어긋나는 창틀 하룻낮의 자라지 않는 시간 부위
그 방을 조금 넓게 만들고 싶은 연필꽃이 삼각자
식탁을 가로로 키우고 접시 위에서 사라진 달걀
아무것도 아닌 방에서 하얗게 찢어지는 글씨
종이를 빌어 인형을 사는 아역(兒役)의 우연한 밤하늘

앵무

앵무는 몇개의 단어로 하루치 버릇을 벗는다
너는 누구야 아무것도 아니야 사라지는 농담이야
말을 버리고 소리를 배우는 조롱 속에서 머리를 가슴에
수수께끼를 모이통에 넣어주듯이
오랫동안 가르치지 않은 말을 쏟아놓는다
너는 누구야 아무것도 아니야 사라지는 농담이야
농담을 이어 붙이는 앵무가 이상하다
안녕하세요 진짜로 안녕하세요 사라지는 느낌도 안녕하세요
안녕은 두마리로 갈라지는 농담이야

사과 정물

참을성 있는 생명이 빨간색 모자를 썼다
캔버스에서 나오지 못한 독방의 주인이었다
수감된 방에서 불멸을 훼손하고 싶었다
캔버스를 정면으로 걸었다
잔인한 형벌을 겪었으므로 죄목을 떠올렸다
비공개적으로 세밀한 붓을 만들었다
수인번호를 붓끝에 올려놓았다
형벌의 마당에서 혼자 사과를 그렸다
사과를 흙에 그렸을 때 사과에 흙이 묻었다
사과에 흙과 햇빛을 올려놓았다
눈이 저지른 잘못을 후회하였다
머리를 숙였을 때 비로소 코와 귀가 빨개졌다
방으로 굴러온 사과는 시선을 채웠다
공포를 웃으며 공개 처형을 기다렸다
불안을 한입 깨물었다

뭉친 근육

뜯어지지 않으려고 붙잡은 과자 봉지가 쏟아놓은 것들
신중하게 붙잡을 수 없어서 놓친 비누가 올려다보는 천장
기울어지는 수숫대와 비슷한 방향의 살점 같아지는 바람
눈을 감았다가 삼초 후에 떠보는 깃발이 뜯어지는 하늘
버스에는 생각보다 많은 떠나는 가방이 타고 있어
오늘까지만 생각하는 하얀 티셔츠가 창밖으로 버린 사진
튀어나오는 재채기 잘게 부서져서 날아가는 산그늘
배역을 잃어버리고 바쁘게 돌아가야 하는 돌다리의 집
으로

거지 꽃

거지 같은 마음에게 시들어가는 이름 풀
하얀 살코기를 베어놓은 낮의 양면에 앉은 얼룩
다르게 심어놓은 소 울음 발을 심어놓은 밭 헤엄 무늬
일렁이는 들녘의 공통점 식물의 몽롱한 수염 건너 나븟이
뛰어나오고 싶은 바람의 가장 먼 장기(臟器) 제자리
싹트는 발가락 휘어지는 초록 땅으로 기어가는 반점 꽃
장난
이견이 없어 보이는 나뭇잎 가려운 눈매 허공 엽서
애벌레가 파놓은 이상한 종소리 가루 안락의자
푸르르 옆으로 이어지는 끊어지지 않은 아직 시냇물
곡물 이름처럼 느린 걸음 잡초 묶음
미단이 마음에 걸려 있는 멈추어 있는 이리저리 기다림
거지 같은 꽃이 피는 방법이에요

씩씩

하루 뜯어 먹는

하늘을 꼭 쥐고 짜본다

일주일 후에는 눈물이 없다

부유

보리밭 위로 나비의 왕진 가방이 뒹굴었다
옥상에는 물탱크를 암자처럼 올려놓았다
뒤뜰은 노랑으로 새어나와 초록으로 이어졌다
삽자루는 돌멩이 옆구리를 뒤적거리고
소 발자국은 근처 홀씨를 건드리고
팔베개를 한 바위를 지나가고 있었다
배나무 집의 나무는 빚으로 얽히고 늙어가고
바지를 걷어올린 나무에서 나머지 힘이 새어나왔다
나비는 묘지에서 새 깃발을 흔들었다

불타는 의자

주운 이름으로 살아가는 아픈 나무못이 박혀 있는
나무에서 구름으로 건너가는 오래된 거품이 앉아 있는
잡아놓은 나이테 위로 떨어지는 오후의 소용돌이
버려지고 떨어지는 매끈거리는 이음새가 너무 많은
차곡차곡 앉을 수 없어서 겉모양을 새로 깨뜨려놓은
포근한 감정을 억누르고 볼록한 가방을 껴안은 채로 일어나는
타다 만 자리에서 피어나는 그다음 생으로 건너가는 낯선 빛
꼬리에 불이 붙어서 꿈틀거리는 편안하고 감미로운
모두가 뒤엉킨 불꽃이 떠들썩하게 앉아서
너에게 그림자를 드리울 것이다

제 2 부

노인과 바다

요해랑사로 읽었다
하나의 어머니를 자주 잊었다
치매의 목소리를 훈련하지 않았다
부드러운 빵의 크림을 천사에게 주었다
열쇠를 잃어버리고 손녀를 잃었다
천사의 이름으로 그물을 만들었다
낯선 방의 문고리를 구부리고 바늘을 만들었다
집과 길이 함께 배에 올랐다
파도에 숨은 그림자가 바늘을 덥석 물었다
청새치의 파도가 자꾸 커졌다
큰 아가미 때문에 자꾸 깨어났다
노인과 바다와 소라와 모래가 펼쳐졌다
어디 사세요 눈앞의 길이 울었다
바다가 노인을 향해 울었다

빗질

강아지 얼굴이 부었다
구름의 아이를 낳아서 저녁으로 흘러갔다
버스에서 의자는 내리지 못했다
어디 살든 소식 좀 보내주오 거리의 가방이 흩어졌다
햇빛을 차용증으로 강물을 건넜다
열쇠고리에서 작은 쇳덩이를 풀어냈다
들어갈 수 없는 방을 떠올렸다
바람은 가장(家長)을 박대하였다
머리카락은 눈을 감았다

수제비

어쩌다가 반죽 덩어리는 나지도 않은 물고기인지도 몰라
방금 던져지고 사라지는 늘어나는 줄어듦을 저어본다
물마루에 앉은 산은 오늘도 무딘 장난을 이어준다
붙잡히고 마는 시간은 미끄러운 장애를 반복적으로 만든다
적나라하게 위임되는 슬픔은 보이는 것과 뜨거운 귀 모양으로
천천히 끓어오르는 저녁이 한가운데 사는 붉은 지붕으로
은미한 그릇에 모으는 싱거운 눈물이 새어나오려고 작아지는
크게 잘못하는 일이 없어도 꺼내놓은 홀수의 그릇
납작해지는 수저가 건져올리는 두꺼운 숨소리

그렇다면 혼자

마른 옷가지를 흘리며 걸어가는 계단
파란 볼펜으로 찢어진 봉투 밑을 그리는 저녁
바람에 날아간 속옷이 반복해서 물어보는 몸
유리 모자와 어울리는 옷에서 떨어진 단추
흰 수건에서 헤엄쳐 나오는 오리 한마리
우리는 사라지는 버릇이 있어

**

노을을 따라주는 물주전자 모양의 체온
많이 웃고 떠드는 모습이 좋은 평상
저녁의 분수가 좋아하는 오늘의 운동
두려움의 간격을 차곡차곡 개어보는 속살
그믐 상점과 구두와 우는 아이와 고양이
넘어진 컵에서 흘러나오는 혼자

쟁기질

붓을 잡은 하늘이었다
얼음장 밑으로 붓끝의 씨를 떨어뜨렸다
필적을 헤아릴 수 없는 나뭇가지가 흔들렸다
보라를 벗은 새소리가 날아갔다
계단을 걱정하는 바람이 옅게 흩어졌다
흙의 성해포를 찍은 햇빛이었다
연두를 신은 발목이 부었다
망설이던 밭으로 새소리가 들어갔다
밭의 가장자리로 소걸음이 들어갔다
흙의 가족이 놀랐다
흙의 가족들 가죽이 벗겨졌다
내장의 크고 작은 돌이 쏟아졌다
직면한 삶을 파헤치던 삽날이 점점 의식하였다
이해하기 어려운 춘곤이었다
봄의 주조색으로 쟁기는 하얗게 소독되었다
빛나는 어지럼증이었다
이마의 주름살을 핥아 먹는 소의 눈알이
한마지기 흙빛을 들이마셨다
귓속으로 차오르는 방울 소리는

축축하지 못하고 찌그러졌다
바람이 왕래하는 소의 속눈썹이
붉은 밭을 가두고 콧물을 흘렸다

서리태

한되의 서리태 신음 범위는
비닐봉지 할머니 눈망울까지
가려운 제비집 촉촉한
새끼들 목구멍 혀까지
의자가 기다란 남쪽으로 가는
버들처럼 따라다니는 햇살들까지
양말 자국으로 온종일 쭈그리고
앉은 서리태 속삭임까지
눈꺼풀이 마른 빛을 한움큼
쥐었다가 놓아보는 울음들까지
그렁그렁한 날씨를 휘저어
보는 길바닥까지
비닐봉지 볼우물을 살붙이로
이어 붙이는 그림자까지

언제나 깍듯이

새들은 다른 삶과 섞일 수 있어서 날아간다
커피잔 귀를 긁는 방은 혼자의 물과 날짜를 먹는다
언제나 깍듯이 울어주는 벽시계가 또 멈춘다
새소리가 구르는 기슭은 깊숙한 바위로 멈춘다
저녁은 밀가루로 반죽하고 싶은 뒷모습
양초의 불안을 강아지에게도 읽어준다
묘비명은 언제나 깍듯이 초대장을 보낸다
희끗하게 벗어놓은 새소리와 물소리가 겹친다
새들은 바람과 창문으로 돌아가려고 한다

구필(口筆)

만화시계는 그대로 누워 있다
지붕에서 기다리는 손가락과 날개는 비슷하였다
무료한 화초는 푸르거나 푸르스름하였다
정오까지는 더듬더듬 입술로 빛을 훈쳤다
처음에 그린 눈물은 입술을 닮았다

까마귀

수저를 떨어뜨렸나

낮의 노인

서로 닮아가는
예비군 모자를 파는 노인은
어쩌다 기다리는 어색함을
기다려보는 것이다

**

등이 하얀
나뭇가지 속에 앉은 가시가
오늘은 총구를 열심히 닦는다

**

혼자서 쓰다듬어주는
낮의 옆구리에서
흰 빛이 흘러나온다

나이도 나와 비슷한 기도

너의 손을
처음 꺼내듯이
너의 손에 처음으로
구름의 눈썹을 묻히듯이
너의 기도를 만져본다
볼이 빨간 사과나무
신이 보고 있다

무말랭이

젖을 물린 개가 놓아주는 빛
바람이 깨물고 있는 귓불 하나
공책의 맨 마지막 줄에 앉은 냄새

옮긴이

삶이 공개되었다
정치적으로 엉망이 필요했다
인형의 눈이 유리병으로 옮겨졌다
두세개의 그림자를 기다렸다
제목이 하나씩 사라졌다
옮긴이 배역이 필요했다

너에게 일부분의 빛이

그이는 다리 사이를 생각하였다
순간 산에 대해 말하고 싶어졌다
융프라우의 가장 아름다운 점을 유방이라고 할까
걸어온 다리의 체온이 두개라고 했다
융프라우의 일부를 사진에 넣었다
희박한 공기 속으로 깊숙이 넣었다
바지를 입은 구름처럼 무릎이 나오는
마음이 걸어간다고 했다
오래된 눈에 눈이 온다고 했다
호주머니에는 편지가 없다고 했다
너에게 일부분의 빛이 묻었다고 했다

가위 풀 금요일 레일

엄마와 아빠를 붙인다 고지서와 전화기를 붙인다
조촐한 모임과 먼 산을 붙인다 바람과 강물을 붙인다
사진첩의 시간을 붙인다 뛰어가는 아이와 모자와 그림자를 붙인다
뒤쫓는 그림자와 사거리와 계단을 붙이고 바퀴를 붙인다
손등을 눈 밑에 붙인다
피아노와 고장난 도레미 손님을 금요일에 붙인다

제 3 부

점심

천국으로

김칫국물이 떨어졌다

부셔서

어디서 보았더라 산사나무는 어디서 보았더라
작은 열매를 꺼내놓으면서 어디서 보았더라
땅으로 내려오는 나뭇잎은 허공을 짚어보고
모르는 나뭇가지로 어울리는 빛은 나뭇가지 위로도
느린 걸음도 혼자의 하늘로 거미줄을 엮어놓은
어디서 보았더라 담벼락을 오르는 줄기도 바람을
피아노 학원으로 뛰어가는 운동화도 주춤거리는
어디서 보았더라 하얀 걸음이 옷을 입히는 골목으로
비슷하게 어울리다가 흩어지는 다치지 않은 구름
밝고 어두운 빛으로 산사나무로도 들어가는

당신의 식당

숯불 속에서 타버린 지도가 나왔다
집으로 가는 뒷모습이 느른하게 흩어졌다
대륙을 건너는 물주전자가 찌그러졌다
이방의 문지방을 이모들이 기웃거렸다
지느러미를 태우고 눈을 태우고 수저를 씻었다
바퀴를 굴리는 아이들처럼 메뉴판은 착해졌다
나뭇잎 모양의 수저로 떠먹을 수 있는 구름을 찾았다
누군가 먼 하늘과 막걸리를 한모금씩 따라주었다
귀여운 토마토 울음이 입안에서 터졌다

물소

나무와 구름이 도살되는 동안 빗소리가 들린다
사냥총에 맞아서 구멍이 숭숭 뚫린 이정표를 따라가면
눈이 부은 인부가 사슴처럼 놀라서 뛰어간다
오늘은 중세풍의 의자를 공주님처럼 모시고
코끼리처럼 서 있는 트럭으로 끙끙 옮겨놓는다
빗소리도 웅덩이에서 제 얼굴을 보고 웃는다
그의 등이 물소처럼 젖어서 모르는 하늘을 건넌다

아욱

두근거리는 잎사귀 구름이 한단 묶여 있다
비를 조금 맞은 머리와 목덜미 아래로 드러난 아욱 뿌리였다
수긍이 쉽지 않은 하늘은 달팽이가 붙드는 잎사귀였다
찌그러진 양푼 빛처럼 웅크린 이는 흐린 수저를 다시 들었다
이웃집의 사사로운 강아지가 아욱 냄새를 물어뜯었다
청력을 잃은 노인의 걸음은 반으로 줄어들었다
나무 옆에서 아욱 냄새를 깨끗이 핥는 바람이었다
국자를 기울인 저녁에 찾아온 허기진 별이었다
오랫동안 사귀었던 이 빠진 그릇이 웃는 날이었다
엉성하고 대강 살아온 삶이 끓이는 구박의 잎사귀였다
노인은 궁벽하지 않으나 비루한 버릇으로 아욱을 끓였다
해이해지는 방귀를 식탁 아래로 흘렸다
아욱에게도 우물우물 밥을 비비며 물었다
돌아다니다 찾아온 식욕을 어서 낭비하고 싶었다

신중한 리본

나무의 리본을 풀었다
바람을 묶어서 병원을 돌아다녔다
휠체어는 버려진 꽃을 따라갔다
새들은 검게 풀어졌다
당신을 감았던 리본이 붕대처럼 풀어졌다
두권의 노트에 당신의 마지막을 적었다
구두가 발목을 풀었다
길과 발과 명성과 병상이 드러났다
저녁에 다시 나무에 리본이 묶였다
나무와 국화꽃 사이를 나란히 묶었다
당신을 웃던 꽃이었다

구완

큰 병원에서 돌아오는 길에 삼천원을 주고 구두를 닦았다

하늘의 빈방을 누가 청소하고 있다

기이하게 날아온 빛

형광등 갓을 천천히 열어본다

슴벅거리다 곱게 부서진 날개

기도에 사용한 말을 버렸다

저녁의 옷

흙먼지를 담대하게 털어준다

오늘 살아난 옷이다

고무줄 자국

노인은 내복을 벗었다

흰 수염의 무게를 달아보고 겨드랑이의 털을 달아보고 돋보기를 달아보고 기침 소리를 달아보고 한줄 고무줄 자국을 달아보고 욕조 속으로 들어갔다

어떤 테두리가 그를 사랑했다

아기 업은 소녀*

아기 업은 소녀를 서서 말하는 나무
저녁 쪽으로 때가 묻는 하얀 포대기
분홍치마로 걸어가고 싶은 어두운 고무신
자라는 표정을 간단하게 묶어놓은 손바닥 빛
얼굴 부위에서 자라지 않는 동그란 머리카락
검고 붉은 공중을 떨어뜨린 후에 번지는
쇳가루 지우개 일기장 날씨 녹슬어가는 글씨
잠에 쌓이는 잃어버린 동요
땅바닥에서 튀어오르는 흙장난
아무래도 보이지 않는 꼬부랑길 부서진 구름
부서진 강냉이 냄새를 따라다니는 아기바람
자꾸만 빗소리 이름을 불러보는 매듭
이지러지게 새겨놓은 이파리 작은 어스름
구겼다가 펴놓은 아기와 소녀와 깊은 주름

* 박수근 그림

둔각의 바위

땅을 덮은 바위의 귀는 온몸이다
쑥이 쑥쑥 나오다 바위와 만났다
둔각의 바위가 둔하게 웃어서
쑥이 쏘옥 자기 빛을 그 사이에서 키웠다
더이상 바위를 밀지 않았다
바위옷은 둔각으로 조용했다
쑥빛은 예각으로 흔들리고
지평의 초록은 평면을 둥글게 감았다
둔각의 바위는 들뜬 벌판을 누르고
정확하지 않은 구름의 그늘이 왔다
외투를 벗어 바위에 올려놓은 구름이었다
까닭 없이 아름답게 누운 그림자였다

마곡을 어루만지고

사라지고 싶은 걸음이 일주문으로 들어설 때에도
국화와 모자와 국화와 스카프와 국화와 청바지는
부드러운 꽃밭으로 두릿두릿 걸음을 허공에 빠뜨리고
나비와 풍경 소리를 따라가다 말고 물소리를 껴안다 말고
꿀꿀이바구미는 딱딱한 밤의 표정에도 심심한 목탁 소리를 뚫어놓고
금당으로도 한걸음씩 가려운 머리가 없는 마음을 어루만지고
엉덩이가 사라진 돌의 눈썹을 돌덩어리 위에 또 붙이고
잠옷을 입은 바위까지 가만히 그대로 있어보라는 카메라
이생의 메아리에 살이 붙어서 보리수 잎과 떨어지는
청바지와 스카프와 하얀 모자가 어울려 탑의 모자를 쓰고
해바라기의 뒷면처럼 궁금해지는 마곡(麻谷)의 허공을
데리고 늘이고 어서 모이라고 처음으로 소음으로

좋은 점도 있고 나쁜 점도 있고

오늘은 아무튼 더럽게 옮겨다니고
깨끗해지려는 미소를 거울 앞으로도
닳아서 없어지는 것을 알면서도 한움큼
속울음을 다른 손으로도 고이 쥐어보는
이렇게 너 때문에 물끄러미 작아지는 눈망울
잃어버리고도 눈을 감은 채로 누워보는
얼마 동안의 휴식이 얼마 동안의 자화상으로
깊숙이 들어오는 눈과 귀와 볼을 뭉치듯이
오래된 오늘을 비비고 견디는 것을 직접 부탁하듯이
허공으로 돌아가는 중인지도 모르는 체온
몸의 여백 대부분이 젖은 손가락을 붙잡은
붙잡고 싶은 것이 비슷하기는 하지만
뒷모습을 지우는 이것은 저것이 아니었으므로
오늘을 미워하지 않으려고 쓰다듬어주는
좋은 점도 있고 나쁜 점도 있고

그림

종소리를 먹은 사마귀

운명선을 감춘 잎사귀

오래된 혼자가 마른다

제 4 부

사려

찢어진 서문
아픈 염소 목줄
침 묻은 우표
솜사탕 막대기
손바닥 끈적임
정육점 핏빛을
온종일 떨어뜨리고
한바구니의 외로운
참외를 사주었다

소지품

종이 울렸다 날개들이 흩어졌다
공작은 무지개를 끌어다 덮었다
큰 옷의 주인은 혹시 허공
피어오르는 국화를 옆에 놓았다
제일 작은 날개를 입혀주었다
나뭇잎은 나뭇잎을 덮었다
욕창은 침대를 쿠키처럼 구웠다
양말은 얇은 발목을 기억할까
지갑은 혼자를 계산하고 있었다
모아놓은 기도의 말이 접혀 있었다
그의 그늘을 불에 넣었다

어제 개

나무의 전생은 나무를 돌아서 온 바람
묶인 개는 나뭇가지를 핥았다
술 취한 손이 개의 거죽을 사정없이 깨웠다
잠의 나뭇가지에서 전생의 바람이 떨어지고
눈을 떴는지 볼까요 몽둥이로 몽둥이로 몽둥이로
감각을 잃어버리는 몽둥이 귀가 흐려지고
보랏빛 속눈썹이 짝짝이로 떨어지고
깨어나지 않은 기이한 전생에 불을 뿌렸다
몸에서 뛰어나온 눈동자 한마리
몽둥이와 숲의 나무들은 휘두르듯 자라고
묘비명은 네발로 굳어 있었다

단역

닦아놓은 눈알
메모지에 그려놓은 구불구불한 이름들
조선소 근방이나 타이어 공장에서 불이 난다면
도망갔을지도 모르는 수혈을 모르는 동물
눈이 매운지도 모르고 다른 날씨인지도 모르고
바람 빠진 공을 주무르는 이상한 버릇
발광하는 빛으로 뛰어오르고 반은 장난삼아 뛰어오르고
오늘의 요리는 땅에서 올라오는 할미꽃 한그릇
좌우명이 하나쯤은 있을 것 같은 눈알

홍시증

눈사람은 조용하지 않아
그들을 밀고하여 국수를 삶아 먹지
혀를 뽑아 먹고 조금씩 녹아내리지
아이스크림처럼 달콤한 혀를 공터에도 버렸지
수갑을 닮은 겨울이었지
내통하는 골목으로 달빛은 내려왔지
골목의 눈알은 붉었지
아이의 연은 나뭇가지에 묶이고
나무의 푸석한 내장은 쏟아졌지
눈사람의 이야기를 잃어버리자고
올해도 눈이 펑펑 날리지
밤새 하얀 면죄부가 떨어지고
나무 위에 흰 눈이 쌓였지
눈뭉치를 하나 손에 붙잡았지
하얀 망또를 두르고 있었지

내전

치약 끝자락을 짜낸 슬픔이 부글부글 말을 부풀리고
입속의 혀를 구부려보고 거울의 말을 비웃고
밤새도록 창가에 머문 말이 사라졌나 하늘의 말을 생략하고
다정히 모인 신발을 잃어버리고 현관으로 가보고
부러진 우산의 말을 펼쳐서 하늘에 보여주고
어디서 날아왔나 잡초의 말은 하늘의 서책 제일권 푸름
오늘은 맑은 책을 팔아먹고 싶었나 엿장수 가위 소리가 가렵고
하늘을 모두 열줄 쓰다 지우고 저녁을 태우고

동그라미 달력

분홍 거미줄 같은 것이라고 어떤 마음이 잡아서 뜯어내고
혀가 말려들어가는 벽을 일구는 것 같아 숨은 달력을
평평하게 다듬어지는 숫자들에게도 일어날 수 있는 저녁의 넓이로
숨구멍을 닮은 동그라미를 그리는 이상하고 기이한 몸서리 부표
흙으로 돌아오고 싶은 기념일 의자에 묶어놓은 풍선
의자에 앉아서 기다리다 피곤해지는 습관으로 눈을 찡그리는
안경을 벗고서 보는 옷 입은 숫자들 아름다운 날은 언제 또
물방울을 넣어둔 벽은 나비를 홀리고 리본을 낳고
하얀 손을 잡은 꽃이 사월의 창으로 늘어지고 허물어지고

설탕물

외로움도 먼 신앙
핥아 먹어야 알 수 있는 비밀들
잃어버린 열쇠는 투명한 컵에 있다
돌아가는 인형의 목을 오른쪽으로 꺾어본다
오늘의 행운을 오른쪽으로 젓는다

사과

벌레는 읽던 페이지를 잃어버렸다
과도로 해부한 사과의 내부를 보고서야
사랑 이야기는 여덟조각으로 흩어졌다
외로운 빰이 한접시 있다

영양

무사히 강물을 건너는
늘어나는 영과 양의 물자국을 걷는
뿔의 날씨를 수면에 비추는
길 잃은 영양을 데리고 오는
아직 무언가에 빠져 있는 나무들
능선이라고 말하는 여린 숨들
횟수를 모르는 가느다란 걸음들
간단히 지워져야 하는지도 모르는
어려운 중심을 잘 웃는 바위들
걸어가지도 멈추지도 못하며
순식간에 많아지는 점들
지워지거나 말거나 눈부시게
무사히 건너뛰어서 부서지는

파

누가 한뿌리씩

전생의 빛을 뽑아간다

혼자인 걸 못 견디죠

고슴도치의 말은 고슴도치가 아니라고 뒤뚱거리고
물그릇은 금이 간 혓바닥을 조금이라도 읽어보라고
구기자나무에서 떨어지는 그늘은 고요를 남기듯이 흩어지고
구름의 테두리와 돋보기를 문지른 천은 혼자의 얼룩을
너에게로 뛰어들어갈까, 너에게로 말하지 않은 나뭇가지
고슴도치와 뭉툭한 그늘이 뿔을 세우고 함함히 뒤뚱거리는
오늘의 맨 처음으로 뾰족한 빛과 넓적한 어둠 속으로
익숙해지려는 혼자와 기어이 말라가는 흰 잎사귀의 장난
혼자서 본 하늘이 모르는 표정으로 네발로 뛰어오는

강아지

날아간 공을 기웃거리는 꽃나무 아래
오늘의 강아지 예감을 데리고 놀아요
언젠가 당신이 데리고 온 이름을 물어요
공을 좋아하는 사람의 농담은 공처럼 땅을 짚고
휘어지는 구면의 병명을 알아보기 위해
아무도 모르는 거리까지 굴러가보는
공을 붙잡으려고 강아지는 종소리로 울어요
모르는 말을 꺼내려고요 일어나요
공과 놀이를 바라보면 나도 좋아할래
저녁에는 공의 이야기를 강아지처럼
꽃나무 곁에 한마리 골똘히 내려놓아요
열어놓은 밥그릇을 들여다보아요
어떤 영혼의 꼬리는 장난을 싫어해요
두마리의 허공과 비슷한 강아지를 풀어요
오늘의 예감은 즐거워서 발이 더러워요

아이들 편지

엄마 아빠 사이로 지우개똥이 떨어진다
편지는 삼십년 후 가족에게 떨어진다
뭉툭한 할머니 할아버지가 되고
아이가 뭉툭한 아이를 낳고
장난감 바퀴가 빠져서 멍청하게 있을 때
딩동, 우체부는 긴 편지를 갖고 온다
어루만지는 액자 속을 햇빛처럼 걸어간다

이루어지도록

시는 어떻게든 죄의 몸에서만 살려 하고
아무도 말도 없는 곳에서 당신을 찾아내고
건너야 하는 징검돌은 시의 한 살을 붙들고
어디로 가고 있는지도 모르고 밀어서 앞세우고
잊어버린 것을 잃어버리고서 두리번거리는
곳곳에 있는 것들이 하얗게 이루어지도록
이제 남은 것으로부터 모든 것이 하나로도
섬세하게 넘어져 있는 것과 얽혀 있는 것으로
일치하지 않는 일들이 몸소 지나쳐오도록
하루는 하루의 시와도 비겨도 좋아지도록

| 해설 |

셀 수 없는 것

장은정

들어 있는 것

종이에 인쇄된 글자들을 차례로 읽어나가기 시작할 때, '읽기'라는 행위 속에서 이미 알고 있던 세계 역시 반복될 준비를 마친다. 글자를 읽으면서 우리는 그 글자에 대해 이미 알고 있던 것을 손쉽게 재생할 수 있다. 이때 '알고 있던' 것이란 다소 복합적이다. 예를 들어 '운동장'이나 '빗소리' 같은 단어들을 읽을 때, 우리는 이 단어들을 이해할 수 있게 해주는 인식 단위로서의 '개념'을 가장 먼저 작동하지만 그것이 전부는 아니다. 누군가는 어린 시절 혼자서 우두커니 서 있던 적이 있었던 넓은 공간에 대한 기억을, 누군가는 사람들이 모여 있어 시끌벅적한 상황에서도 홀로 귀 기울인 적이 있었던 빗소리에 대한 특정한 감정을 다시 느낄 수도 있을 것이다. 그러니 종이에 인쇄된 글자들을 '읽는다'는 것은 사회학습을 통해 습득된 특정한 언어 체계가 가동되는 일이기도 하고 한편으로는 개별자의 고유한 실감을 상기한다는 점에서 이중적 의미에서의 '알고 있던 세계'가 반복되는 일이라고 할 수 있을 것이다.

'시'에 대해서가 아니라 '읽기' 자체로부터 이 글을 시작한 것은, 이기인의 시는 '시 읽기'라는 행위의 특수성을 의식화하는 것이 유독 중요하기 때문이다. 일반적으로 시는 '읽기' 속에서 '이미 알고 있던 세계'를 최대한 덜 반복하기 위해 애쓰는 장르라고 할 수 있다. 그러나 읽는 이들이 이미 잘 알고 있는 글자들을 통해서 경험해본 적 없는 미지의 세계를 경험한다는 것은 어떻게 가능한 일인가? '알지 못하는 것' 혹은 '경험해본 적 없는 것'이 어떻게 오로지 '시 읽기' 행위를 통해서 새로이 이해되고 경험될 수 있을까? 이기인의 이번 시집은 이러한 질문들에 대한 충실한 답변으로 보인다. 앎과 무지 사이, 경험과 비-경험 사이에 구축된 구획을 매 순간 의문에 부치는 방식으로 읽지 않으면 아무것도 읽을 수 없도록 만들어져 있기 때문이다. 무슨 말인가. '운동장'과 '빗소리'라는 단어가 포함된 다음의 시로부터 시작하자.

젖은 운동장을 돌아다니는 바퀴
바큇자국을 물어보며 돌아다니는 바퀴

한줄만 쓰다 멈춘 자전거가 흘리는 저녁
오늘은 당신에게 거울과 공책을 빌려준다
머리를 씻겨주던 빗물은 철봉을 구부린다
운동장보다 큰 미안(未安)이 거꾸로 떨어진다
한방울 눈시울을 이어주는 모두
빈손으로 옮기는 빗소리

—「모두의 빗소리」 전문

"젖은 운동장을 돌아다니는 바퀴"라는 구절을 이미지로 바꿔 상상하여 하나의 장면으로 만들어보자. "젖은 운동장"을 떠올리는 것은 쉽지만 그 운동장을 돌아다니는 바퀴의 모습을 단번에 재구성하기는 어려운데, 이 바퀴가 어떤 바퀴인지 상세하게 제시되어 있지 않기 때문이다. 즉, '바퀴'라는 단어의 범주가 너무 넓어서 누군가는 자전거 바퀴를, 누군가는 자동차 바퀴를, 아니면 무엇에 사용되는 것인지는 알 수 없으나 그저 골조만 남아 있어 어쨌든 굴러갈 수 있는 바퀴 일반의 형태를 떠올릴 수도 있다. 따라서 이 구절이 단번에 재구성되지 않는 이유는 일부러 상세히 쓰지 않은 것이 있기 때문이다. 시인이 충분히 쓰지 않았기 때문에 읽는 이는 자신이 아는 세계를 그대로 반복해서 재구성한다 하더라도 어떤 요소를 골라내어 재현해야 할지를 자의적으로 선택할 수밖에 없다.

이런 일이 시를 이루는 모든 구절에서 벌어진다. "바큇자국을 물어보며 돌아다니는 바퀴"에서 "물어보며"라는 서술이 질문한다는 뜻인지 입으로 문다는 것인지 불확실하며, 어느 쪽이든 이 행위의 주체가 '바퀴'라는 점에서 쉽게 장면화되지 않는다. "한줄만 쓰다 멈춘 자전거가 흘리는 저녁"이라는 구절에 이르러서야 읽는 이들은 앞서 서술된 '바퀴'가 자전거 바퀴를 염두에 둔 것이라고 추측할 수 있다. 그렇다고 한들 누군가가 타고 있어 움직이는 바퀴가 아니라 젖은 운동장을 스스로 돌아다니는 바퀴의 존재는 이미 알고 있는 것을 그대로 재생하기보다는 알고 있던 요소들을 상상력을 통해 재구성할 때에만 잠시 가동되는 것이다. 그러니 이 시를 읽는 동안, 우리가 읽게 되는 것은 쓴 것이 아니라 쓰지 않은 것, 즉 적혀 있지 않은 것이라는 게 명백해 보인다.

시구마다 기존의 인식 방식으로는 쉽게 이해되지 않는 빈틈들이 산재하니 이 시에서 읽게 되는 것은 한번도 가본 적 없는 낯선 운동장이다. 젖은 운동장에서 홀로 자전거 바퀴가 돌아다니고, 다니는 곳마다 바큇자국이 남는다. 이 바큇자국이 무언가를 써내려가다 말고 멈추자 자전거에서 저녁이 흘러나온다. 비가 내리는 동안 빗물 때문에 철봉이 구부러진다. 누군가는 이 시를 두고 비 오는 날 운동장의 풍경을 시적으로 묘사한 것이라고 말할 수도 있겠으나, 시구마다 의미심장하게 잠복해 있는 '적혀 있지 않은 것'들의 존재를 의식한다면 이토록 손쉽게 알고 있는 세계의 일들로 선불리 환원하여 요약해서는 안될 것이다. 그렇다면 도대체 어째서 이런 일들이 벌어지는 것일까? 게다가 우리는 이 시에서 무엇을 궁극적으로 읽어내야 하는 것일까?

겪지 못한 것

'적혀 있지 않은 것'이 어떻게 인식되는지에 대해서는 좀더 상세히 분석할 필요가 있다. 가령 젖은 운동장을 저 홀로 돌아다니는 바퀴의 운동이 우리에게 낯설게 다가오는 것은 자전거라는 대상이 항상 다른 주체에 의해 움직이는 '탈것'으로 이해되고 서술되는 것이 보편적이기 때문이다. 만일 젖은 운동장을 홀로 돌아다니는 바퀴가 일상적으로 존재하는 세계가 있다면, 그리하여 바퀴를 행위의 주체자로 서술하는 사회의 언어 체계 속에서 살아가는 이가 있다면, 그는 이 구절을 낯설게 느끼지 않을 것이다. 즉, 읽는 이가 무언가를 시에 '적혀 있지 않은 것' 혹은 '낯선 것'으로 인지한다면 이는 '지금-여기'의 세계를 작동시키는 언어의 서술 방식과의 비교 속에서 가능한 것이다.

흔히 시에서 읽어내는 것을 시에 적혀 있는 것으로 곧바로 환원하여 이해하는 일이 많다. '시 세계'라는 비평적 용어가 특히 그러한데, 이 용어를 따르자면 읽는 이의 위치는 사라지고, 첫 문장으로부터 시작되어 마지막 문장으로 완결되는, 스스로 열리고 닫히는 자율적 상자의 모형이 전제되기 쉽다. 그러나 사실 시에서 우리가 읽어내는 것은 시와 현재 세계와의 비교 속에서 도드라지는 낙차라는 말이다. 그러니 어떤 시에 무언가가 누락되어 보인다거나 유독 낯설게 경험된다면 그것은 단지 시에 그것이 적혀 있기 때문에 읽은 것이 아니라, 읽는 이가 살아가는 세상에 읽어낸 그것이 아직 세상에 존재하지 않거나 이해되지 않았다는 뜻이라고 하겠다. 그러니 시를 읽는다는 것은 '지금-여기'의 세계를 구성하고 '있는 것'들을 기반으로 이해하는 것이 아니라, '아직 없는 것'들의 자리를 더듬으며 다르게 경험하는 일이 아니겠는가.

서로에게 수수께끼처럼 흩어진 것들
아무것도 중요하지 않아요 썰물에 씻겨나가지 않은 조약돌 눈썹
한 정거장 앞에서 내리지 못한 바람이 짙은 해안선 쪽으로
숱이 준 머리칼은 날아가는 모자를 잡으려고 빠뜨리는 발
모빌 끝에 앉은 홀씨를 깨우듯이 동시에 따라붙은 손
시간이 지나서도 만지는 탈지면 하얀 숨소리
작은 뼈로만 뒹구는 정사각형 모의 장례식 넥타이 정물

어긋나는 한줄 파도와 미끄러운 동사들의 수집

예의가 아니게 많은 조약돌을 주웠다가 하나만 내려
놓은

상자를 굽어보는 수집가 닮아가는 바다 주머니

—「탈지면 눈썹」 전문

조약돌, 눈썹, 바람, 머리칼, 모자, 손, 수집가. 시에 등장하는 대부분의 대상들은 바닷가의 조약돌들처럼 각자의 방식으로 완결된 채로 그저 한편의 시에 모여 있는 것으로 보인다. 제목이 대표적이다. 만일 사물들 간의 관계가 중요한 것이라면 '탈지면'과 '눈썹'이라는 두 단어의 관계를 드러낼 수 있는 조사가 따라붙었을 것이다. 그러나 '탈지면'과 '눈썹'이라는 전혀 별개의 사물이 어떤 상관관계도 제시되지 않은 상태로 나란히 나열되어 있을 따름이다. 그러니 시인이 제목의 두 사물을 통해 무엇을 말하려고 하는지를 읽어내려고 한다면 그 읽기는 엉뚱한 방향으로 흘러갈 수밖에 없다. 시에 등장하는 대상들은 서로에게 수수께끼처럼 흩어진 상태로 한편의 시에 모여 있을 따름이다.

이 시의 시간은 하나의 파도가 밀려왔다가 밀려가는 사이 다음 파도가 다시 덮치는 방식으로 흐르지 않는다. 하나의 파도와 다음 파도 사이에 어떤 어긋남이 있어서, 두 운동은 서로에게 맞물리지 않고 비껴나갈 뿐이다. 바로 이 어긋나는 시점에 '적혀 있지 않은 것'들의 자리가 만져질 것인데, 이 자리는 시에 깊이 파인 칼자국이기도 하지만 우리가 살아가는 세계에 존재하지 않는 지점에 대한 표식이기도 하다. 한편의 시를 읽는 일이 이 세계에 존재하지 않는 것이나 인식되지 않은 것들의 빈자리를 더듬는 일이기도 하다면, 시를 통해 '지금-여기'의 세계를 이 시처럼 읽는 일도 가능하지 않을까? 마치 겉과 속이 구분되어 있는 옷처럼 시를 뒤집어 시와 세계의 자리를 바꿔치기하는 방식으로 읽을 수도 있지 않을까?

바람이 "해안선 쪽으로" 불어간다거나 "많은 조약돌"이 모여 있다는 점을 근거로 이 시의 공간을 바닷가로 짐작할 수 있다면, 이때의 바다는 시를 통해 재구성된 가상의 공간으로 이해하기 쉽다. 그러나 이 시의 바다를 당신이 언젠가 직접 가본 적이 있는 '그' 바다로 대체하여 읽어보자. 당신은 그날 그 바다에서 무엇을 보았는가? 어쩌면 당신은 그 바다에서 해안선 쪽으로 불어가는 바람에 쓰고 있던 모자가 날아가는 일을 겪었을 수도 있고, 머리칼이 바람에 흩날리는 감각에 집중했을 수도 있으며, 조약돌을 주웠다가 다시 내려놓는 수집가를 우연히 보았을 수도 있다. 아니면 당신이 바로 그 수집가였을지도 모른다. 그런데 그날 당신이 보지 못한 것이 있을 수도 있지 않을까? 바람에 날아가는 모자에 신경이 쓰여서 혹은 조약돌을 줍는 일에 정신이 팔려서 보지 못했던 무엇, 인식하지 못했기에 겪을 수도 없었던 무언가가 있지 않았을까?

반대의 일

시를 이렇게 읽는다면, 시 읽기는 단지 시를 읽는 일이 아니라 이미 경험했다고 여겨 다 아는 것이라고 믿었던 어떤 지나간 시간을 '지금-여기'에서 재구성하여 '다르게 경험해보는 일'이 될 것이다. 이미 가보았던 '그' 바다를 촘촘히 떠올리며 처음에 보았던 것과 다음에 보았던 것 사이, 무언가 놓친 것들의 자리를 시야에 편입하는 일이 된다. 이때 '읽기'와 '(되)살기'는 별개의 작용이 아니며, 시와 세계 역시 앞면과 뒷면으로 밀접하게 맞물린다. 이기인의 시가 '적혀 있지 않은 것'들을 도드라지게 시에 기입할 때마다 우리 역시 그동안 살아오며 겪었고 이해했다고 믿었던 어떤 시간들의 기억들 사이에 그 견고한 인과관계를 잘라내는 날카로운 파도 한 자루를 매번 새로이 서늘하게 집어넣는 일이 될 것이기 때문이다. 이런 방식으로 이기인의 시들을 반복해서 읽고 또 읽는다면, 삶과 세계에 대해 우리가 알고 있던 모든 '앎'은 의문투성이가 될 수밖에 없을 것이다.

앵무는 몇개의 단어로 하루치 버릇을 벗는다
너는 누구야 아무것도 아니야 사라지는 농담이야
말을 버리고 소리를 배우는 조롱 속에서 머리를 가슴에

수수께끼를 모이통에 넣어주듯이
오랫동안 가르치지 않은 말을 쏟아놓는다
너는 누구야 아무것도 아니야 사라지는 농담이야
농담을 이어 붙이는 앵무가 이상하다
안녕하세요 진짜로 안녕하세요 사라지는 느낌도 안녕하세요
안녕은 두마리로 갈라지는 농담이야

—「앵무」 전문

1부의 다른 시들에 비해 비교적 시적 대상과 정황이 뚜렷하게 제시되어 있다. 앵무새의 존재와 앵무새가 하는 말들에 대한 진술로 구성된 이 시를 읽다 말고 돌연 일정한 시적 충격을 받게 되는데, 이기인이 집요하게 저미듯이 집어넣는 '적혀 있지 않은 것'들이 이 시에서는 단지 한 언어와 언어 사이에 놓이는 것이 아니라 아예 인간의 언어 자체의 특성이 되어버리기 때문이다. 보통 앵무새가 하는 말들을 '소리'일 뿐이라고 간주하는 일상적 이해는 인간의 말과 앵무새의 소리 사이의 완전한 구분을 염두에 둔다. "말을 버리고 소리를 배우는 조롱"은 앵무새와 인간이 완전히 다른 존재라는 위계적 이해 속에서만 작동할 수 있는 것이다. 그런데 "너는 누구야 아무것도 아니야 사라지는 농담이야"라는 구절은 누구의 발화인가? 앵무새가 사람의 말을 따라 하는 것이라고 볼 수도 있고, 사람이 앵무새

를 향해 말하는 것일 수도 있다.

시 속에서 누가 말하는 것인지 명확히 알 수 없도록 앵무새의 소리와 인간의 말을 의도적으로 뒤섞었을 때 문득 들이치는 생각은 인간 역시 앵무새와 마찬가지로 무슨 뜻인지도 모르면서 그 소리를 중얼거리듯 흉내 내고 있을지 모른다는 두려움이다. 한발 더 나가보자. 만일 인간이 자신이 하는 말의 뜻도 모르면서 그저 소리를 중얼거릴 따름이라면 앵무새 역시 말을 하고 있지 않다는 것을 어떻게 확신할 수 있는가? "너는 누구야 아무것도 아니야 사라지는 농담이야"라는 문장을 앵무새가 인간에게 건네는 말이라고 읽을 수도 있지 않을까? 너희는 아무것도 아니라고, 너희가 무언가 거대한 뜻을 담아 하는 말 모두 그저 사라지는 농담에 불과하다고 말이다. 그때 우리는 앵무새가 되어버린다. 우리의 모이통에 수수께끼가 잔뜩 쌓이고, "오랫동안 가르치지 않은 말"들이 쏟아져내리는 것이다.

앞서 「탈지면 눈썹」을 읽으며, 시에 등장하는 바다를 가상의 장소로 여기는 대신 당신이 가본 적이 있는 그날의 '그' 바다로 대체하여 읽자고 제안했다. 그런데 이 시에서는 그러한 제안조차 불필요하다. 사람의 말을 흉내 내는 것처럼 보였던 시 속의 앵무새가 눈을 똑바로 마주치고 우리에게 "너는 누구야 아무것도 아니야 사라지는 농담이야"라고 또박또박 말하는 것 같은 시적 체험을 하게 되기 때문이다. 이상한 일이다. 그동안 살아오면서 내가 보지 못했고 겪지 못했던 시간들을 기억에 새로이 편입해넣는 일에 그치지 않고, 어쩌면 우리가 말하고 이해하고 읽고 쓰는 모든 것이 단지 뜻도 모르면서 중얼거리는 소리에 지나지 않을지 모른다면, 그것을 경험하게 해주었던 이 시의 언어 또한 사실은 소리에 불과하다고 시인은 말하는 것일까? '안녕하세요 안녕하세요' 반복하는 동안 무언가 나타나는 동시에 사라질 때, 이 시를 읽는 동안 우리에겐 대체 무슨 일이 일어난 것인가.

시를 읽는다는 것은 시에 이미 들어 있는 것을 꺼내는 일이 아닌데도, 우리는 오래도록 시를 하나의 상자처럼 여기고 그 속에 손을 집어넣어 무언가를 건져올리곤 했다. 흔히 한권의 시집에 따라붙는 해설은 한 시인의 '시 세계'를 조망하는 지면으로 이해되기 쉬워서 시에 담겨 있는 것을 자로 잰 듯 반듯하게 규격화하여 내어놓기도 한다. 그러나 이기인의 시를 읽는 내내 우리에게 벌어지는 것은 오히려 반대의 일이다. 시가 우리의 삶과 언어에 손을 집어넣어 속에 들어 있다고 믿었던 것들을 모두 헤집어놓는 쪽에 가깝지 않은가. 이 시집을 반복해서 읽는 동안 오래 맴돌았던 물음은 이런 것이었다. 삶은 셀 수 있는 것인가. 가령 '일생'이라는 말은 이미 탄생과 죽음 사이를 통째로 '하나'로 세어버리고 있지 않은가. 그러나 그것은 정당한가. '일생'이라고 쉽게 세어진 삶 속에는 자각되지 않아 평생 모르는 순간이 얼마나 숱하게 접혀 있을 것이며, '말'이라고 믿었던 것들은 단지 '소리'에 지나지 않았을지도 모를 일이 아닌가. 그러니 이 시들은 셀 수 없는 삶의 편에 서 있다고 써야겠다.

張銀庭 | 문학평론가

| 시인의 말 |

어떡하지. 낮과 밤을 윽박질러서 나라고 할 수 있는 혼자를 낳았다. 나를 북돋아주기 위해서 꺼내놓은 시가 많다. 시의 질병을 더 앓고 싶었다. 모르는 고독을 잃어버리고 싶지 않았다.

내 재능은 정성을 다해서 쓰는 것. 곤궁하지만 시의 집에는 불평이 없다. 시에는 아는 단어와 안녕이 없다. 독자도 처음부터 다시 만나고 싶다.

금빛 향로엔 잿빛이 가득하고 오랜만에 그 빛을 쓰러뜨린다. 웅크린 바닥이 보일까. 오래 붙든 빛을 금강에 주고 싶다. 모든 시를 잊은 빛이 그립다.

2019년 1월

이기인